青橘心语丛书

上塘河

吴银江 著

中国华侨出版社
·北京·

图书在版编目（CIP）数据

上塘河 / 吴银江著. -- 北京：中国华侨出版社，2024.12. --（青橘心语 / 汪鑫，强紫芳主编）.

ISBN 978-7-5113-9267-1

Ⅰ.I227

中国国家版本馆 CIP 数据核字第 2024GC0528 号

上塘河

著　　者：	吴银江
责任编辑：	张亚娟
装帧设计：	青年作家网
经　　销：	新华书店
开　　本：	880mm×1230mm　1/32　印张：5.25（本册）　字数：118 千字（本册）
印　　刷：	永清县晔盛亚胶印有限公司
版　　次：	2024 年 12 月第 1 版
印　　次：	2024 年 12 月第 1 次印刷
书　　号：	ISBN 978-7-5113-9267-1
定　　价：	408.00 元（全六册　本册定价：68.00 元）

中国华侨出版社　北京市朝阳区西坝河东里 77 号楼底商 5 号　邮编：100028

发行部：(010) 64443051　　传真：(010) 64439708

网址：www.oveaschin.com　E-mail：oveaschin@sina.com

如果发现印装质量问题，影响阅读，请与印刷厂联系调换。

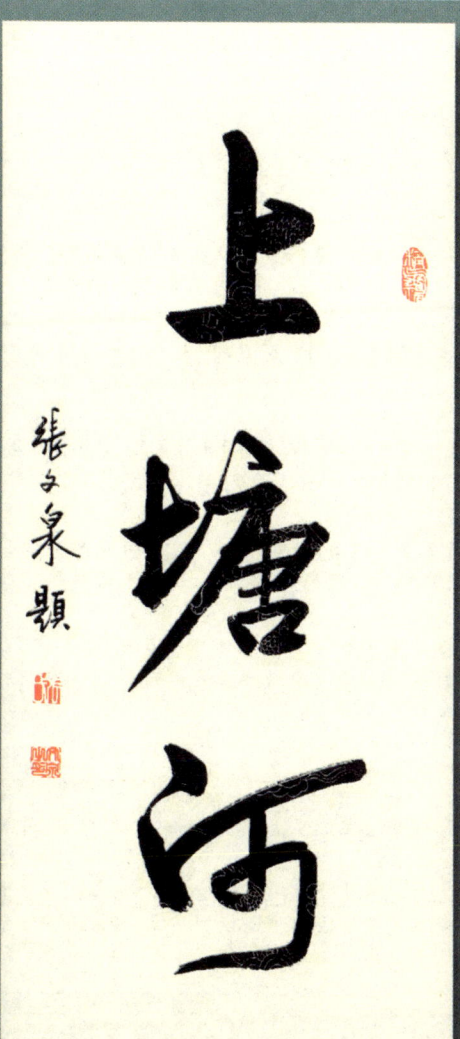

天堂有条河

吴银江 词
范冬青 曲

1=F 4/4
♩=72 唯美、留恋、深情地

(童声领诵)舟过临平后,青山一点无。大江吞两浙,平野入三吴。
逆旅愁闻雁,行庖只鲙鲈。风帆如借便,明日到姑苏。明日到姑苏。

(前奏略)

千年的雨 千年 回望,
千年的塘千年盈眶。 北方的船进了杭, 船上有位少年郎。
千年的风 千年 涤荡, 千年的湖不见 盐霜。
邱山低饮白云淌, 吴越春秋入海疆 入海 疆。

转1=C 大气、舒展地

天堂有条河 啊名叫 上塘, 西湖里抽出的银丝,
※天堂有条河 啊名叫 上塘, 钱塘江遗落的肋骨,
才有潋滟的光。 天堂有条河啊名叫 上塘, 安隐寺飘散的钟声,
才有浪击的伤。 天堂有条河啊名叫 上塘, 藕花洲挺立的蜻蜓,

结束句

也有檀木沉 香。 D.S.踏浪 金 刚。
就是踏浪金 刚。

吴银江的小风景和小日子

孙昌建

1

2022年秋天的一天，杭州新成立的临平区作协举办诗歌采风活动，具体是走丁山湖、运河二通道和古海塘。那天上午在开元名都大酒店的大厅里集合时，我扫了一眼熟悉的和不熟悉的诗友们，听袁明华在讲注意事项ABC，我注意到最角落里的那一位在看着手机似乎有点心不在焉，当时我以为他是中巴车司机或是其他团队的，因为看上去他是最不像诗人的。换言之，他看上去是最为正常的，这当然是一句玩笑。出酒店时，袁明华介绍说，他就是吴银江，然后又对银江说，你跟定孙老师吧，你的诗集让孙老师写序，我马上惊吓得握住了银江的手说：吴老师好。

以下省略若干类似套话的对话。

我之前读过吴银江的第一本诗集《独家烟村》，应该就在临平区作协的成立大会上。参加类似这样的会议，我一般都会背一个双肩包去的，原因是会收到几本诗友文友们馈赠的作品，他们一般总是很客气地写着"指正",多数我是会"指动"的,但"正"就"正"不了的,因为"正诗"比"正骨"一样的困难,但在会上和地铁上,我也的确是会用手翻翻书页的。当时对银江的诗有一个印象,就是有一点意外之喜,他多数有点生活流似的,也有点流水账的味道。也就是说,他的诗好在自然,但你要让所有的诗都是自然素妆,那显然也不可能,有时还是要用手沾点水捋捋头发的,这一捋有人以为你用了发蜡,有人以为你矫饰了。所以很多时候,菜是生态好菜,但上面有些虫眼,有人说贵就在贵在这些虫眼上,这于诗歌而言,就往往是有佳句而无完篇,而且这里有可能是作者自己也把控不了"好"与"不好"的标准,往往会把"不好"当作"好",虽然诗无达诂,但相对的审美标准还是有的,如讲起临平隔壁的海宁王国维的三重境界,不写诗的往往比写诗的说得更好。

还有一点我是必须要作出一点说明的,大约在二十年前,我写过一篇关于李晨初散文的文字,当时我有两个比较武断的结论,一是余杭的现代派文学氛围是不浓的,走的多为传统之路,尤其是散文;二是余杭的诗歌要远远逊色于散文。这个话当然是要得罪人的,尤其是要得罪诗人朋友的,但我这个话是有依据的,那就是拿余杭跟萧山和富阳作比较。现在余杭虽然分为了两个区,但这种状况实际上并没有明显地改变。

好了,从那时起吴银江就跟我做了诗友,微信上他会隔三岔五地发一两首诗给我,我也会有一搭没一搭地跟他聊几句,有时深更半夜看到某个平台的上好诗,我也会转发给他,我觉得关键是要打开眼界,没有眼界的写作,等于是盲人摸象,除非这个盲人天赋异禀。

2

比较正式地说,吴银江的《上塘河》是一曲歌颂家乡临平山水人文的诵歌。因为将一本诗集命名《上塘河》,一定是有想法的,而且这本身就是一首诗的题目,才十一行——

挨着皋亭山蜿蜒
有翱翔的气势
山影是它的翅膀
衬出水面乌青青的胎记
又像是从西湖抽出一根丝
波纹闪烁,有滟潋的光
河水绕出群山,铺向平原
没有想过要回头
想当年,小康王入主临安
也选择了敬畏
从临平,逆水而上

如果依我的审美标准,这首《上塘河》从第三句开始才渐入佳境,其中"衬出水面乌青青的胎记/又像是从西湖抽出一根丝/波纹闪烁,有滟潋的光"是颇为独特的,他写河水用了"乌青青"一词,这是一种独特的发现,所以银江一度想用"乌青青"来作自己的笔名,被我劝阻了,原因是已有一位诗人叫"乌青"了,还是我们浙江出去的,而且我说"银江"不是也很好嘛。

从《上塘河》这一批作品，能看出吴银江写作的自觉，因为从某种程度上说，上塘河也是临平的母亲河，这不仅是生态生活之河，也是历史之河，所以才会有"小康王入主临安"的句子，这可能也是以前我们常常会忽略的，但真要在十一行中表述历史，难度还是极大的，这里有一个轻和重、虚和实的关系需要处理，特别是那种诗歌的口吻语气。应该说，吴银江不是书面语的那种写法，但诸如"蜿蜒""翱翔"跟"挨着"同处一诗的时候，还是有些窘境的。

所以相对来说，《隆兴寺与桥》《桂芳桥》《安隐寺》这一批诗作水准要整齐一些，同样是短诗，也没有用太多的大词，但起承转合之间，就像推杯换盏般的风轻云淡，且以《隆兴寺与桥》为例——

> 韦太后回銮，上塘河
> 早已为她铺展好四十里排场
> 她千里迢迢回来，歇脚的地方
> 就在桥北的寺院里
> 小寺的名望从此兴盛
> 而烟云何时消散
> 香火与灰烬没有记载
> 当后人问起隆兴寺
> 已移出城外多年
> 离皇帝接走他娘的那天
> 也已千载有余

孤零零的桥依旧跪在河上
像个留守的老僧,不肯圆寂

银江的还有一些诗作,是写他的苏家村和苏家河的,他说"苏村桃李"曾是临平的十景之一,可惜现在早已不复存在了。

所以从某种程度上说,诗歌是一种还原和苏醒,是一种再现和升华。读着银江的这些诗,等于是一次临平的山水人文之旅,因为我们知道,至少从道潜的《临平道中》开始,抒写临平和这一片山水人文的诗作,到了当代似乎就有点乏善可陈了,这也是我在二十年前说到余杭散文这个话题时感觉到的,但是我又不能太直接地说出来。现在看到吴银江的这些诗,我感觉就是有他的一种自觉,其实这也是临平文人的一种自觉吧,因为最近一两年我也经常听袁明华他们讲起这方面的话题,特别是分区之后。

但是人文和山水要相融起来写,实际上是有很大的难度的,我们倒不是纠缠于历史观什么的,而是说这种重与轻,大与小,风景与人文史的融合是颇有难度的,尤其是在十行左右的诗中,特别是在用词造句方面,可能得有四两拨千斤的力道。

具体就吴银江的诗歌而言,让我想到一个问题,即诗意的准确和用词的准确,这可能是一个悖论,前者或许很难成立,但后者是必须要追求的。我现在感觉好多诗人的用词是不讲究的,以为诗歌重意而不重用词的准确或精确,这恰恰是错误的,有的诗人特别喜欢用大词用、形容词,这不是说不可以,我只是说那些大词和形容词往往是公共意义上的,并不是属于个人表述上的,当然反讽和解构除外,在这一方面,女诗人的用词较之男诗人往往会不太准确，这跟她们的数字和逻辑能力较弱是不是有关系？或者说她们更偏重于意境的营造。

同样是写上塘河，我以为这一首《霞落下来》就相对要完美一些——

> 早年的上塘河
> 像个开心的小媳妇
> 常见牛拖着船
> 船推着波澜
> 水一纹纹的荡漾开去
> 岸就酥了
> 岸情愿塌下来，陷进河的怀里
> 也许是河老了
> 平静中浸透暮色
> 端着空寂，却自命不凡
> 当我孑然地站在中山桥上
> 霞就落下来
> 梧桐叶也落下来

前面提到用了"乌青青"，他这里用了"一纹纹"，前者是色彩，后者是动感，这种ABB式的构词法且当是银江的独创吧。这里讲的独创，关键是要融入诗句和诗意，而让人无突兀之感。诗中的"岸就酥了"一句，也是一个例证，因为后面连着"塌"和"陷"，看得出这是一个组合拳。

这是既讲究又自然，让人想起了孙犁汪曾祺等前辈在散文中的用词造句。关键的还不只是个别的炼词，好的还是整个的推进节奏，这也如运河行船，不急不躁。诸如这样的诗还有《塘超小径》《丁山湖》等一些，这些诗如果还能再推敲一番，就有可能成为精品力作，这也是一般我们这种行色匆匆者写不出来的。临平区的这些景致这些年我也去过数次了，有的名为采风，但最多就像水中浮头的鱼冒几个泡而已，吴银江和明华他们这种才是属于本塘老甲鱼。

当然也有的诗作，有一两句的金句，然就全诗来看，哪怕只有十几行的，还是有些榫卯没有完全到位的，如《古海塘》和《马蹄铁》这两首，这实际是一鱼二吃，如果能够一鱼一吃，说不定能把"世功真如铁／是劳工的手依旧死扣不放"这一句救活且放出光彩来。

以《上塘河》《丁山河》等诗为例，是想证明吴银江的某种自觉，生于斯，长在斯，亦必将歌于斯，这是银江诗歌给我的第一个印象。

3

吴银江诗歌的第二个特点就是对日常生活的日常感悟，书写人间亲情、贴近现实生活，充满世俗的烟火气息。

前面提到吴银江的那些打上家乡或故乡印记的诗作，只是他诗作的一部分，他更多的作品来自于眼前事物，大有秀才不出门，诗意一箩筐的感觉，这就是他第二辑中的诗作特点，其中我最喜欢的是这一首《鱼》——

妻弟来店里坐
陪他喝茶
聊他一年的起早摸黑
他起身从车里
拎来一小袋鲫鱼
是他徒弟钓的
黑亮的鱼鲜活无比
跟小时候的鱼一模一样呢
这让我相信，世道变了
但鱼没变，就好

我平时读诗有挑毛病的习惯，或者说喜欢挑刺，但这一条鱼，我竟然挑不出刺来，虽然我以为这样的鱼也早就不太有了，现在被银江一写，就触动到了我，而且他没有用常人会用的那种"乡愁"来写。

类似这样的诗，还有《抱——写在父亲节》《父亲与井》《每当想起父亲》《我们都有镜子照看着》《姑父》等一些，这都是写亲情的。

如果我们拿文本来评析，《抱——写在父亲节》这一首还谈不上完美，但是他这么铺叙下来，有一个从重到轻，又从轻到重的情感逻辑，特别是最后两句"一个骨灰盒／抱得我泪流如汗"那简直是惊心动魄，因为但凡是做儿子，特别是做长子，人到中年渐近暮年之际，必然要送别父亲，所以有一个仪式是必须要去履行的，即要么抱父亲的骨灰盒，要么捧父亲的遗像，这都是一件无比沉重的事情,这样的沉重,早就超越了物质的沉重,而是一种精神的沉重。

这种直接来自于生活的诗,实际上是很难写的。这里还有两首如果比较起来还是颇有意思的,一首是《姑父》,一首是《姑妈》,如以诗论诗,"姑父"要高于"姑妈",这是为什么呢,因为《姑妈》一诗有一些似是而非的词,如"互访"、"表达"、"决绝"等,总感觉这不是自己的话语,而《姑父》不存在这个问题。

前面提到日常感悟与人间亲情,具体体现在吴银行的诗中,是杂糅和交融在一起的,如这一首《我们都有镜子照看着》——

初识自己,是家里
那面书本大小的镜子,才发觉
我的丑陋与奇异

镜子,为妈妈和姐姐们
储存了她们的美丽,自信
和喜怒哀乐

父亲从不照镜子,其实
他就是一面镜子
照着我们

我们一家人的眼睛
也是一面面镜子

照亮了他忙碌的一生

在我们的眼睛里
他应该看到过自己

一般来讲，照镜子的感悟，大约只属于自己，但是他把照镜子这个行为，遍及了全家人，特别是以此来写父亲，虽然这最后两句似乎还有深入的可能，但这已经将一个日常化的场景有了升华。

更为重要的是，这里的人间亲情，不仅仅是有血缘关系的亲人之间，而是他将笔触延伸到了弱势群体，虽然这个提法也不是太为准确，即他笔下出现了类似"过路者"和近似"卖炭翁"一类的人物，如这一首《好东西》——

早上，一位收集垃圾者
捧着两捆苋菜杆
进店求寄放
午饭前，取走了
貌似青竹的苋菜杆能做什么
他我都清楚
我说，好东西
他搂着他的宝贝，笑出了门

4

  吴银江诗歌的第三个特点,就是在语言表达上的特点,即他主要用口语入诗,短小明快,直白如话,以上所举的例诗都是适用于他的这个特点,为了加深印象,可举第三辑中的《门前一雀》为例——

    守店跟守田地是一样的
    忙一时,空一时
    我坐在空虚里
    玻璃门看不见玻璃
    有只麻雀,在门口踱来踱去
    东张西望的
    像常来收废纸的妇人
    隔几天眷顾一下
    但麻雀的眼睛
    机敏多啦

  还有这几首四五行的诗,煞是可喜可人,如写孙女吴语亲的《摸到了云》——

    下午,风酥日白
    吴语亲去爬了临平山
    回来后,总是向人挥动

欣喜不已的手
　　说她的手摸到了云

在我的印象中，临平山又不高的，但孙女竟然说摸到了云，这就是诗歌，这就是吴银江的诗歌。我这里提到的口语诗，也有"风酥日白""欣喜不已"这样的语句，但它整个又是明白如话，或者说是可以叫新白话诗的。

而这样的语言方式，恰恰是最难的，既然写到了临平山，大家也都知道所谓艺术的三重境界，第一是看山是山、第二是看山不是山，第三才是看山又是山。多数的情况下，吴银江是处在二和三的过渡当中，有的诗处理好了，从二能顺利抵达到三，有的就卡在中间了，进退两难，有的是火候还差了一点点，如《异象一》——

　　冬日的上午
　　有桐庐朋友说
　　听到了雷声
　　奇了，真是异象
　　一忽儿临安的朋友
　　也听到雷声了
　　那时，我依然调侃了他们
　　雷声是圆的吧，有山挡着
　　滚不到临平
　　午饭未熟
　　大风就吹黑了门前的天

电闪雷鸣加风雨
积攒了多少的苦衷啊
枯萎的草木上
雷就这样炸了下来
在这个无所适从的冬季

这一首诗,到"滚不到临平"都还是好的,但后面就有点过于"认真"了,所以我跟银江在微信中聊过一个话题,我说难的不是认真,而是无聊,要写出异象的无聊才有意思,因为异象之所以异,就是因为没法解释,而人在这种异象面前又常常会无可奈何无能为力,于是遁入无聊之境是最好的。

吴银江的诗还有一个特点,他的短诗,可能还不是先长之后的短,他天生就是这个短,正如短跑,他可能60米、100米是强项,120米就麻烦了,所以他的上佳之作,以我所举的例子可以看出,一般都在十一行十二行的样子,一旦超过十四五行就会后程乏力了。

这可能也说明一个问题,他的好诗都是一气呵成,浑然天成的,不是说看了谁的诗、学了谁的诗才形成的。

前面我讲到口语诗的难写,这是好多人认识不足的,事实上就是这样,门槛越低的,往往后面会越难,书法是这样,诗歌也是这样。所以我常对初学诗者说,还是要学书面语,用美丽甚至有些华丽的书面语,长句子、翻译体在今天也是比较流行的硬通货,偶尔可以口语一下,但不要多,一多就露拙了。也就是说你要把诗写得像诗,至少表面上看起来像诗,或者说读起来有点像诗了,但是真正的好诗,一定是前不见古人、后不见来者的。

5

抒写家乡临平的山水人文,记录人间亲情、从日常生活中发现诗意,以口语入诗、朴素明白的风格,这是吴银江诗歌的三个特点,但说完了这三点,好像还有一点值得一说的,即在吴银江的诗歌里,有最常用的一个意象,什么意象呢?

一个字:店。

前面所举的《鱼》《门前一雀》《好东西》都有一个"店"字,《阳光填满了整个上午》《超山,适合葬花》《被网购盯上的老人》等也都有一个"店"字,所以我开玩笑地对吴银江说,人家有驻校诗人、驻村诗人,你就是驻店诗人。

2022年春节后的一天,我去开元大酒店参加于广明的梅花摄影展之后,抽空去光顾了他在临平街上的小店,什么路我不记得了,只记得他的店后面有一个寺庙的遗址,那就是明因寺遗址,跟文天祥的史迹有关。后来袁明华、施加勇和杨军皆过来喝茶聊天。我也终于弄清楚了吴银江的基本履历,因为之前我以为他也是从学校出来的老师,因为总听明华他们在讲当年临平中学的"天鸡文学社",这名称就来自于李白《梦游天姥吟留别》中的"半壁见海日,空中闻天鸡"的诗句。听过这天鸡文学社有谁有谁,我以为吴银江也是其中一员,现在知道,关系还是有关系的,只是说当时他的身份是一名打字员,"天鸡文学社"的油印刊物最早就是在他那里打印的,包括后来成为她妻子的女朋友也帮着一起打过稿子,文学可能就是在那时悄悄播下了种子。后来吴银江到农业口工作，再后来又转到街道社区任职，前几年退休之后，就帮妻子打理这个小店，那天我们去的时候，小孙女在店里的幼儿床上午睡，他为我们泡好茶之后，便开车去接放学的大孙女，所以吴银江真的是一个名副其实的驻店诗人，这也决定了他现在的生活状态，做点小生意，喝点小酒小茶，平时跟朋友吹点小牛，然后才写点小诗。其实生意、茶和酒也都是一种媒界，可以让人和人聚在一起，但是唯有诗，可能比以上这些还要长久一些。有的早年属于文学青年，往往是过了二三十年后还会重新回到文字前面，这个时候他可能才发现，当年的打字员，要真正打出一首诗来，那是多么不容易啊。

那一天我们坐在店里，看门外车水马龙，大孙女被接回来后马上做作业了，银江的妻子在做着包装，我则跟他的一个做童装的朋友聊服装生意，跟明华加勇聊阳康的征状，吴银江给我们续茶时不无自嘲地说：过过小日子吧。

我突然想起大约二十年前看过一部美籍华裔导演王颖的电影，片名叫《烟》，其中有一个细节，那个烟店老板每天开门前的某时某刻，都要对着外面拍一张照片，按下快门之后他才开门营业，于是他的某一张照片，恰好记录了一个故事的线索。

这个细节好像是在表现日常和命运、偶然与必然的关系，也许是我想多了，而在吴银江的诗里，是不时有人和意象闯入店里的，那就不仅仅是把镜头伸出去那么简单，那我现在就以这一首《黑蝴蝶》作为结尾吧，因为我们都做不了绅士，我们只是凭借诗歌闯入和被闯入罢了——

突然飞进店里
我诧异它的不慌不忙
落定在货盒上
像一张精致的标贴
瞬间的静止
像是剪纸或者投影
滑至地面时
又有了丝帕的形态
是一朵黑色的火苗
点亮了店堂
我的目光因此而凌乱
绅士
你来自何方

孙昌建简介：一级作家，中国作家协会会员，浙江省作家协会诗歌委员会主任，浙江省文史研究馆馆员，杭州市文史研究馆馆员，杭州市作家协会副主席。

目 录

第一辑

丁山湖 // 3

隆兴寺与桥 // 4

赭山港 // 5

桂芳桥 // 6

安隐寺 // 7

白洋洄 // 8

宝幢渡凉亭 // 9

五云星桥 // 10

桐扣山 // 11

班荆馆 // 12

皋亭山 // 13

霞落下来 // 14

古海塘 // 15

马蹄铁 // 16

苏家河 // 17

苏村有桃李 // 18

九九河 // 19

苏小小 // 20

长桥头 // 22

石灰浜 // 23

乌青青的晨初 // 24

雪痕浅处是烂漫 // 25

一场盛大的雪没有来 // 26

塘超小径 // 27

原野 // 28

木桥 // 29

濒水人家 // 30

望山 // 31

大娘 // 32

父亲与井 // 34

姑妈 // 35

姑父 // 36

戳田鸡 // 37

劫善 // 38

老乡 // 39

卖桃人 // 40

每当想起父亲 // 41

上塘河 // 42

第二辑

鱼 // 45

把自己睡了 // 46

抱——写在父亲节 // 47

是那个辰光的蓝 // 48

白墙 // 49

村子里 // 50

菜场门口 // 51

赤卵弟兄 // 52

被雨吻遍 // 53

黑指甲 // 54

那声虫鸣是我 // 55

街角拐走的影子 // 56

沙桥畈 // 57

顾客 // 58

我们都有镜子照看着 // 59

笑咪咪 // 60

小饭馆 // 61

行当 // 62

要青袖被另一只手牵走 // 63

一把老藤椅 // 64

一行人 // 65

好东西 // 66

空店 // 67

逆枝 // 68

虚空的知了 // 69

四月 // 70

网 // 71

天空删了这一环节 // 72

捆扎黄昏 // 73

古铜色的脸 // 74

西墙 // 75

浓荫 // 76

门前一雀 // 77

三个梦 // 78

黑蝴蝶 // 79

第三辑

汲水 // 83

入冬 // 84

不怀好意的叔叔 // 85

灯杆 // 86

菜市场 // 87

留白 // 88

异象一 // 89

异象二 // 90

夜宵 // 91

烘青豆茶 // 92

乔装 // 93

作茧自缚 // 94

摸到了云 // 95

体会 // 96

风收拾了一地口水 // 97

春天的最后一个夜晚 // 98

鸯被霞拐走了 // 99

临窗 // 100

雷雨 // 101

刮擦 // 102

漾开去的羞赧 // 103

阳光填满了整个上午（八首）// 104

超山，适合葬花（八首）// 108

重庆来去（五首）// 112

夏日（四首）// 115

天空了（组诗）// 117

拍大腿的事（组诗）// 119

山上山下（组诗）// 121

喝石与喝茶（组诗）// 123

含秋舍诗抄（七首）// 124

关于死亡（组诗） // 126
老顾客（组诗） // 129
白茫茫的河心（组诗） // 131
一棵李树有母性的光辉（八首） // 133
草舍是沙滩上的新生事物（组诗） // 137
后记 // 140

第一辑 DIYIJI

丁山湖

湖有多大
听说能装下所有的星星
小径显然窄了些,万一
天上的星星都拥来
——真要是这样
每家屋后的池塘就会被填满
也许,这些遍布的水塘
就是星星砸出的印记
堤冈上,枇杷树收留的白鹭群
胜于一场大雪

2022 年 11 月 27 日

隆兴寺与桥

韦太后回銮,上塘河
早已为她铺展好四十里排场
她千里苕苕回来,歇脚的地方
就在桥北的寺院里
小寺的名望从此兴盛
而烟云何时消散
香火与灰烬没有记载
当后人问起隆兴寺
已移出城外多年
离皇帝接走他娘的那天
也已千载有余
孤零零的桥依旧跪在河上
像个留守的老僧,不肯圆寂

2022 年 11 月 3 日

赭山港

无法确定
河里流淌的是
江南那座叫赭山的泪
无法确定
是江流改道后
赭山狠心抛下的孤港
赭山港一直流淌的浑浊
上塘河为它擦拭

2022 年 11 月 3 日

桂芳桥

三位年轻人考取功名
以造一座桥来昭告世人
赏名桂芳
老底子的桥朴实
像桂花一样,厚郁而大气
宛若深秋里漫过河南埭的香
斑驳而文静
也如桂子落在河面

2022年11月3日

安隐寺

临平山与上塘河越靠越近
是安隐寺阻止了它们
晨钟暮鼓,夹在松风之间
佛坐在肃穆里
世道的本质
是更替所有的事物
如今
空嗯的山谷
香樟、枫香、黄果朴……
已像一群无主的老僧
若不是安平泉慈悲
如何撑得住这二百多年
佛遗忘的庇荫

2022 年 11 月 3 日

白洋涧

上塘河是谁丢下的长笛
横吹了千年孤寂
一座白洋涧
像孔膜,一直是漏的
漏出的不是风
是细水如注,潺如丝竹
被风卷飞的时候
临平山是空濛的
安隐寺隐约的檐角
挑起木鱼罄罄的回响
涧与寺,似竹笛上的两个孔
一对无缘谋面的知音

2022 年 11 月 3 日

宝幢渡凉亭

安隐寺毁后,渡船也漂走了
渡口的宝幢还在,南岸
凉亭在风中飘零
凉亭里开小店的,姓许
假如,安隐寺毁后
宝幢能留住
凉亭也许不会拆除
小店还会接着开
看店的兴许
还是姓许

2022 年 11 月 3 日

五云星桥

说是星桥人
自觉不纯粹了
每次回到这里就会想起
那墩早以不在的老星桥,它
比我爸去世的早
宁愿相信
五彩的云曾飘过头顶的黄昏
过桥的人都捡到过星星
我也曾站在桥上
月亮,沉在破碎的河底

2022 年 11 月 3 日

桐扣山

虽然是个神话
但故事有情有节
给那座小山披上神秘
但凡离群索居
意想不到的事总会发生
石鼓的传说来自赤岸
像老人嘴角的山风
让听故事的人张大了嘴
也没听到过一记，重重的
桐锤扣鼓的绝响

2022 年 11 月 3 日

班荆馆

南宋年间
域外史臣的焦虑与窃喜
都会挤在这里,候诏
"班荆相与食"
趟一条朝圣的水路
无论朝觐,还是官差
都是一宿之后的事
坐上晃悠悠的船
有足够的时间三思而行
而皇帝出巡,驻跸
一定是水丰,风柔,日丽

2022 年 11 月 3 日

皋亭山

如此魁伟的身躯
也拦不住一条远足的河
而种田人关注这座山
总是在下午时分
或是临近傍晚
看它换上夕色衣衫
看落日投怀送抱
但凡恶心的天气,山顶
就会摆开电闪雷鸣
仿佛一场祭祀的道场又将开始
这样的场景,每年
从惊蛰,要持续到稻熟

2022年11月3日

霞落下来

早年的上塘河
像个开心的小媳妇
常见牛拖着船
船推着波澜
水一纹纹的荡漾开去
岸就酥了
岸情愿塌下来,陷进河的怀里
也许是河老了
平静中浸透暮色
端着空寂,却自命不凡
当我孑然地站在中山桥上
霞就落下来
梧桐叶也落下来

2023 年 2 月 3 日

古海塘

一次次排浪吹沙
石塘遍体鳞伤
忘却,才是最好的保护
荒草像上苍的庇佑
牛角村到十五堡,徒步鱼鳞塘
陈年的枯叶没有忍住坚强
仿佛,每一步沉重
压碎的不仅仅是它的悲伤
我踩在龙的背骨上
潮头的击拍声早已风干

2022 年 10 月 12 日

马蹄铁

江远潮息
沙土覆盖又吹散
皲裂的马蹄铁,哑默不语
凭"钦工"御制
惊飞一众探寻者目光
擦去盐霜,浪痕
世功真如铁
是劳工的手依旧死扣不放
夕光插进竹林,芦头蓬
穿透古海塘的浑沌与辉茫
落日,仍孤悬着,不肯离去
像一匹巡塘瘦马

2022 年 10 月 12 日

苏家河

从上塘河横生出来
穿过整个村子
是唯一长到村外去的河
想当年
顾百万的牛拖船
慢悠悠进来
顾家的火墙慢悠悠地耸起
传说粪桶装的银洋钿
就埋在墙跟
那座无栏的石拱桥
扑在河上
像净心庵里的师太一样
躬着,是一种姿态

2022年12月13日

苏村有桃李

早先,爬上临平山
可远瞭钱塘江的空濛
如今,所有的支高点
互以遮瞥,包括苏村桃李
想必,那时的上塘河
还是一条沟.
岸上桃李遍植,叶花灼灼
几户苏姓人家
炊烟生处,小儿追逐狗儿
云落在埠石上
浣衣人的身影浸在水中

2022 年 12 月 13 日

九九河

从沙桥畈抽身的九九河
成了浜兜
那是一种怎样的退化
即便如此
九九河仍是一条男人的河
仍旧思考灌溉还是排涝
而面对一方冬田
它
更像一位旁观者

2022 年 12 月 13 日

苏小小

向往钱塘的人
不会对西泠桥畔的慕才亭无动于衷
拿什么去唤醒她
那个沉眠已久的香魂

小小是不是苏家村人
她的 DNA 已模糊不清
没有一个姓苏的人
出来认祖归宗

小小要是忘了是那里人
临平山下是苏家村
小小要是想出城,可待来年桃李芳菲

乘油壁车,二个小时能到
坐船
吃午饭正好

流淌了千年光阴的上塘河
不过四十里水路
年轻的苏小小
也不过一千多岁的芳龄

2022年12月13日初稿
2024年9月27日修改

长桥头

一条浅沟
被几块石条压着
很难想象
曾有船从此撑过
人们喜欢叫它长桥头
这么偏僻的地方
一条浅沟
被几块石条压着
好比一条泥鳅
钻进石缝里，不肯出来

2022 年 12 月 13 日

石灰浜

河流是野生的
岸滩上的杂枝是野生的
谁人痛惜过
为啥叫石灰浜
已无考,但一定是有出处的
就像一个人的小名
那天,遇到一位生疏的远亲
一声小狗
把我惊回到
无人痛惜的童年

2022 年 12 月 13 日

乌青青的晨初

谁在敲打夜窗的额骨
仿佛，有扇巨大的翅膀在
摇晃年代的插销
在梦的巷道口
吸入冷气
两排灰牙一阵抖擞
隐约听得到风在凌乱
在窗外迂回
掠过修枝后孤兀的栾树
寒意长驱径入我的醒悟
仿佛有双冰凉的手
在不停地，不停地触抚
乌青青的晨初

2023 年 1 月 24 日

雪痕浅处是烂漫

寒气乃似旧年
枝杆挤出点点蜡黄
说是梅的眼泪
又如明烛,插遍山野
三年瘟弥,多少白骨蓦眠
铜管吹哑了
云堆土,草贴泥,风失翩跹
一朝瘟情了却
寄岭上三月
雪痕浅处是烂漫,人间

2023 年 1 月 30 日

一场盛大的雪没有来

玻璃一样的阳光
笼着寒冷
微卷的叶子闪烁其间
像扭紧的,或解开的扣子
控制着厚实的冬季
一场盛大的雪没有来
貂皮质地的洁白也没有呈现
如此厚实的冬季
靠零度以下的心理支撑着
使得正月里的冷
偏向于严肃

2023 年 1 月 27 日

塘超小径

塘超小径走的是轻奢的路子
顺着丁河蜿蜒
仿佛一排倾倒的篱笆
笑声踩了上去
在水网地带兜兜转转
就像云水之间漂泊的船
好在有小径牵引
才不至于迷失了方向
那么长的游步道
更像稻草搓成的绳索
一头系着超山的脚
一头系着慎怕漂走的塘栖

2022年11月27日

原野

到了秋季就活色生香了
熬过灌浆期
几畈稻田厚实而丰盈
各种植物都是一副思考的模样
沉积了厚重的色彩
一丛翅果菊
似乎对我抱有好感
我,也弯下腰去吻了它

2022年11月27日

木桥

是新搭成的吧
把两处毫不相干的地
连接了起来,打了个结
一团团粉黛乱子草
像粉红的烟
向路面弥漫上来
就这么野性的弥漫上来
绊住行人的裤脚管
有人给它拍照
有人在远处录下了他们的亲昵

2022 年 11 月 27 日

濒水人家

这里有天然的风水
隔水望去
屋子占地,占天
而巨大的投影覆盖了水面
水主导一切
有只旧船,泊在芦苇下很久了
颓废的样子像蹬上河埠后
寮檐下打盹的老人

2022 年 11 月 27 日

望山

站在丁山湖北岸
淼远的清澈灌入心底
湖中,超山沐浴的影子
醉了临窗的酒杯
当涟漪舒展开来
云是一群白鹅漂浮
游进倒影里,山顶寺庙的门

2022 年 11 月 27 日

大娘

探望一位迟暮老人
是我妈的小姐妹
妈走了多年,走的那天
大娘前来告别,两个老姐妹
一个睡着,没理她
一个忍着,没哭
多少年后的今天
几个晚辈
拥进了一间狭小的房间
床上,大娘像一片枯叶倦缩
眼睛和微张的嘴,鼻孔
如残留叶面的虫洞
深暗而不规则
多么能干的女人啊
这会儿,流露出礼貌和温顺
似晚霞支撑的天空
在场的人互在制造欣慰
但她多日不进食了,也停止

向这个丰沃的世间索取
那怕是一滴水
只在默默地消噬自己
仅剩的肉身
像一件被风吹落的衣衫
搭在乱柴上
嶙峋戳穿单薄
她的表情竭力迎合着我们
多像她年轻时回娘家
喜欢我们时的模样

2022 年 6 月 6 日

父亲与井

道地一角
父亲光着膀子
种下四节水泥管
至傍晚,月光初明
盈满凌凌的水
乡下人家,离海远
需要井水滋润,解乏
父亲说,这里早先就是海
怪不得,汲上来的水
清洌,带点咸
一口好井,必须深邃
也时有浪花般的云飘过
我俯在井沿
就像扒在海的耳边
喊一声
有深涛滚滚而来

2022 年 6 月 19 日

姑妈

父辈里,最智慧的一个
就算姑妈了
她的兄弟们
都背离了沙地,越江北上
留下她一个孤女
情感,总在仅有的互访中
浓郁地体现出来
而姑妈的表达,更是决绝
我要是早点离了婚就好
可以到江北来——

2022 年 2 月 19 日

姑父

姑父来我家不过几次
一间直头草舍
还挨着沪杭铁路
有次夜半
姑父从梦中惊起
潮水来了——
他大喊着冲出去
一列夜行的火车
潮水般开过
姑父惊魂未定的以为
是睡在江南
那间摇摇欲坠的老屋里

2022 年 2 月 19 日

戳田鸡

少时,河冈上
桑树林里,毛豆丛下
轻手轻脚寻猎
青花田鸡,老花田鸡,它们
机敏地朝向河滩蹲着
镇定而惊觉
平时搁在廊檐下的田鸡枪
装一根纺纱锭子
爷爷说了:七枪,梅花,三刺
都不如用一根去戳
能练你的眼火
能保全田鸡的肉身

2021 年 6 月 11 日

劫善

一位卖菜籽油的老妇
种了几分油菜地的老妇
想换个儿童节礼物
已向孙女作了承诺的老妇
一大早,用三桶油换了三张假钞票
簇新的百元假钞票啊
还生生的找出去十元
善良被罪恶兑换
三桶从汗水里提取的菜籽油啊
在颤栗的手中捏着的假钞
她一边边举起
举向正大光明的空中
举向神明,太阳
越来越多的唏嘘聚拢来
围住一声声怆凉的哭喊
在这个,六一儿童节的早上

2021年6月1日

老乡

坐在古村坊里
喝茶,看门外各式行人
像是坐在旅行车上
领略风情移动
听各种门调的嗓音
有老友来访
来自星桥,甚觉亲切
我们都是星桥人
听他说天都城,埃菲尔铁塔
香榭丽舍大街的风情
恍若我们
是在巴黎的某个小店里
意外相遇

2021 年 5 月 26 日

卖桃人

就在昨天,那个卖桃男人
脆脆地叫卖
堆满三轮车的桃子
一个个像早升的太阳
满街水蜜流香
可惜,今天下雨了
卖桃人默沉在雨水中
桃子陷入深郁
让人勾想起桃花的命
在午饭的时间里
雨还没有停歇的意思
男人开始挑食桃子
挑品相差的
像是在挑,苦命的自己

2021 年 6 月 27 日

每当想起父亲

每当想起父亲
就会望一眼
松风似锦的临平山
父亲,早已是山的一部分
每一块山石都呈现了
骨骼的力量
站在上塘河南岸
像隔着一条神圣的护城河
平静而安心
想了,就隔河望一眼
青雨过后的山越发慈祥了
有时真以为
山就是父亲,厚实的背影

2022 年 5 月 22 日

上塘河

挨着皋亭山蜿蜒
有翱翔的气势
山影是它的翅膀
衬出水面乌青青的胎记
又像是从西湖抽出一根丝
波纹闪烁,有滟潋的光
河水绕出群山,铺向平原
没有想过要回头
想当年,小康王入主临安
也选择了敬畏
从临平,逆水而上

2022年11月3日

第二辑 DI ER JI

鱼

妻弟来店里坐
陪他喝茶
聊他一年的起早摸黑
他起身从车里
拎来一小袋鲫鱼
是他徒弟钓的
黑亮的鱼鲜活无比
跟小时候的鱼一模一样呢
这让我相信,世道变了
但鱼没变,就好

2023 年 1 月 21 日

把自己睡了

四月的黄昏是婉约的
月亮是第一壶新酿的酒
临平湖上悬着
向郊野,弥散开去
草植们出落的绰约,羞涩
水白,花红,依偎的风
苏家河西岸
被一层朦胧隔断
将我归于孤寂
此时,睡意袭来
似乎暗示了夜的深邃与媚惑
我收起酒杯,上楼

2022 年 4 月 1 日

抱——写在父亲节

不记得了,父亲是否抱过我
只记得,他就抱过稻子
在拔脚捂脚的烂田里,将稻把堆放在打稻机旁
他抱过装满油菜籽的麻袋,抱起来挥到肩上
他抱过刚抓来家养的小猪,添一只大嘴
盼它能吃出希望
可就是记不起他抱过我
好像,我是土地抱着长大的
后来,父亲老了
再后来父亲病了
要我去扶上床,扶他躺下
我抱紧过他上车去看病
他比我重,像土地一样沉
土地一样的忍默,不喊一声难受和痛
好多年后,是我最后一次抱他
他突然就失重了,一个骨灰盒
抱得我泪流如汗

2021 年 6 月 20 日

是那个辰光的蓝

今年阳光的厚实
像是堆积了 60 来年的锋芒
一丝风也过不来
或许是风,正在寻找光的缝隙
活知鸟*叫了一歇
用了一起早活的工夫
阳光,越近中午越是密不透风
远处平畴如蒸
有个身影挤上田塍
中式蓝布衣衫上的蓝
汗水浸透而幽暗
仿若枯蒿支起的影子晃动
我不敢确认
那个身影是不是我阿爸
但中式蓝布衣衫的蓝
是那个辰光的蓝

*活知鸟——知了;鸟,念吊。

白墙

阻止他们脚尖的
也阻挡了一齐涌入的焦虑
医院墙上的白,严谨的一干二净
抢救室外瞬刻静下
白墙从两侧排成走廊
将冷酷延伸到尽头
一堆凌乱的工友
沉入深忧
有个瘦弱的身影
依着白墙颤栗不已
似要透过那面墙,传递她的悲恸
医生像风吹动的云
带着不祥与不安
只有墙是坚毅的
默默地搂紧了他们

2021 年 12 月 15 日

村子里

九十六岁的老人走了
只占用了家人三天的陪护
亲邻们都说他有福气
痛楚没有蔓延
老人一身平和,走的也平和
在冬雪来临之前
安然地让出了一切
念佛的老太太们围坐在一起
为他筹措盘缠
人们匆促而平静地招呼着
只有那支乐队,高调地
奏出曲子的哀伤

2021年11月30日

菜场门口

菜场像个原始部落
有三大五粗的,赤膊的
更有女子在抡刀屠肉
晨色微明,人头在肩上滚动
门口,一只脸盆,两条细鳝
另一只提桶里,甲鱼,绿萍点缀
老头就一直蹲着
像只年迈的鸬鹚在船沿上摇晃

2021 年 6 月 16 日

赤卵弟兄

游泳是个斯文词
村里叫拷河
一群光屁股,泡在河边
狗扒式乱踢
能把平滑的夏天拷得粉糟沫碎
早年的小屁孩都老了
活在微澜不惊里
难得相聚
就捞些比大小的卵事
难免会损一下过去的彼此
从小大起来的赤卵弟兄
仿若田塝上摇摆的大白鹅
不让道
却敢躬低了脖子
追着裤脚管吼吼的叫

2022 年 5 月 3 日

被雨吻遍

去的路上就下雨了
雨也是接孩子的
幼儿园挤满了伞
有荷塘的意象
伞下,都是蹦跳着的欢腾
踩着水,就像踩在池塘表面
每一双鞋,被雨一一吻遍
亲亲拉着我,那个兴奋啊
爷爷,如果雨再大点
会变成一条河吗

2021 年 6 月 3 日

黑指甲

给老婆染发
不幸指甲沾上染剂
这算不算意外
此后几天，会客，聚餐
剥五月枇杷
那些干净的女人
没一个指出我的甲上之花
要是有人点破
要是有人点破至少
能让我从指甲的不洁中解脱
也好炫释一番
这枚无力指点江山的食指
曾经穿越过
银发堆砌的苍茫

2022 年 5 月 25 日

那声虫鸣是我

田野睡进夜里
虫鸣处
我摸到夜的边缘
摸到床的脸,贴上去
虫鸣声远去
耳朵失去意义
眼睛失去意义
当呼吸有坚挺的成分
穿出肉体
此时,那虫鸣声是我
睡进自己的躯体里
将皮囊掖紧

2022 年 5 月 8 日

街角拐走的影子

日暖夏长
正午是庸懒的
打出一个悠长的哈欠
有萦绕不散的睡意
闭目间,有个影子飘过
风一样轻绰绰地飘过
不敢确定,是位男士还是女士
在排挤而来的热气里
那个影子风一样消逝了
被街角拐走的
在又一个庸懒的哈欠出现之前
仍无法判定那迷离的影子
是爱花的人
还是花一样的人

2021 年 5 月 29 日

沙桥畈

姐夫是我的尊长
质朴,认真,平和
又是同村,时常听讲他
艰辛的小时候,以及老底子
可以归入故事的人世
村外,有片旷野
远廓如烟,有青岚笼着
我问姐夫,那方地
为啥叫"沙桥畈"
他淡淡地笑而不语
也许,这方苍茫的野畈里
曾有一座桥
陪着一条河死去

2022 年 6 月 12 日

顾客

雨浇了两天
人行道露出几成新
店门塞进来一个佝偻的老人
身影笼着嗜烟的沧桑
有烟吗
不卖烟,有酒席带回二十块的那种
呵呵吃不起
他收回目光时是卑羞的
尴尬持续了一秒,转身时
他的佝偻更具完整
门外,雨拥抱了他

2021年10月13日

我们都有镜子照看着

初识自己,是家里
那面书本大小的镜子,才发觉
我的丑陋与奇异
镜子,为妈妈和姐姐们
储存了她们的美丽,自信
和喜怒哀乐
父亲从不照镜子,其实
他就是一面镜子
照着我们
我们一家人的眼睛
也是一面面镜子
照亮了他忙碌的一生
在我们的眼睛里
他应该看到过自己

2021 年 6 月 29 日

笑咪咪

笑咪咪是我小朋友
他喝酒,摸牌,钓鱼
时来我店转转
喝杯茶,聊歇天
也许,他的眼睛生的好
像他的心态一样,所以
村坊里统一了口径
都叫他笑咪咪,这个称谓
全村没人不同意
包括他自己

2022 年 5 月 3 日

小饭馆

几个零星工人
又是几个零零星星的工人
绕过余杭大厦
进入左隔壁的小饭馆
巴掌大的店
每到饭时,就会挤满饥怜的影子
像鸟巢一样热闹起来
当他们的面孔重新红润
语气铿锵
又开始叽叽喳喳了
此后,便有一阵风吹过
将他们驱散

2021 年 6 月 7 日

行当

总有一些行业
在蜕变,重生,或消失
但也有万年老行当
至今还苟存着
就在刚刚,街头的萧瑟里
有个影子晃动,装束是颓败的
台词简扼,直接,不繁复
——老板,生意兴隆
向前伸出的手势,像个老戏骨
老板从手机里争扎出来
目光迟疑的甩出一句
想买点什么

2021 年 6 月 3 日

要青袖被另一只手牵走

不要风让我看得见
倒下的残垣就是它破碎的影子
不要云无故的推搡
总让悲伤的泪填平另一洼悲伤
不要叶子学会飞
会飞时要借多少春色来挽留
我要风善解一袭青袖
要青袖被另一只手牵着走
我要云自带静电
黏着天际不离不弃的坚守
我要枝头叶色足够厚实
承载整个夏天的喜怒哀乐

2022年6月9日

一把老藤椅

坐下去
椅子开心地拥抱了我
它的手臂
托起我的手臂
有肌肤之亲
留有父母包浆的老藤椅
每一次下坐
就会听见吱呀作响的问候
习惯了这样的寒暄
习惯被一副老骨头搂抱
让我骨酥肉松

2021 年 8 月 1 日

一行人

五月的人行道,响起一串松动
零乱的工装兜着黄昏
焦烟味,汗渍味从工地一路带回
在转角处走出一条弧线
多像他们指间
枯白的烟灰

2021 年 5 月 21 日

好东西

早上,一位收集垃圾者
捧着两捆苋菜杆
进店求寄放
午饭前,取走了
貌似青竹的苋菜杆能做什么
他我都清楚
我说,好东西
他搂着他的宝贝,笑出了门

2021 年 7 月 15 日

空店

守着空寂的店
像是在寺庙里坐禅
反复吟诵自己写的诗
心静了,目光就能度向远方
门外的喧嚣十分干净
那些樟树是种象征
不妨添一炷香
一锤木鱼
和一个皈依的词组

2021 年 6 月 21 日

逆枝

墙边，死去的醉李树
枯杆还在
我不忍锯了它
根部，有新枝生出
像是嫁接以下的部分
纵然它结不了果
雨和阳光
并没有嫌弃它

2022 年 4 月 14 日

虚空的知了

太阳
像大神手中的放大镜
照遍角角落落
树叶的眉头皱了
知了的喉咙就会生烟
清晨,一只虚空的知了
挂在叶的反面
是灵魂出窍后的样本
可以想像
抽出肉身时的痛和谨小慎微
就连那片习薄如羽的投影
都不敢去触碰它

2022 年 8 月 18 日

四月

四月多水
像初乳的母亲
整个院子都是吮吸的声音
我把屋里的幸福树搬了出去
被盆子宠着的
萎靡的树
需要一个雨季来补哺

2022年4月14日

网

树枝与竹叶,留出风口
飞虫必经处
一张网如晨曦透明
虚幻之间,夜露闪动
想我少时,用它捕捉知了,蜻蜓
它的粘性
足以让知了的尖叫无法逍遁
而蜻蜓从不发声
它丰腴的屁股
留给悄悄跟踪的人

2021 年 9 月 16 日

天空删了这一环节

清明日,临平没有下雨
也许,父母离世久了
天空删除了这一环节
我们也把泪交给了蜡烛
把思念交给香烛
把情感装进
大姐亲手折叠的元宝里
今年清明
属于早晨五点的光景
山青天微明
越过惺忪的上塘河
越过墓区尚无值守的门
就像越过人间的口岸
抵达父母跟前
他们起的更早吧
借着烛光端详着我们
眼都不眨一下

2022 年 4 月 5 日

捆扎黄昏

待我转过身去
秋，就立在草舍西面的栗树下
像是一把稻草散开
落日处，云凌乱无序
一顶草帽在金色的背景里移动
从草舍里伸出的烟囱
正吐出焦香味
仿若爷爷一天里抽最后一支烟
待我再次转过身去
秋已弯下腰
在收拾凌乱的云絮
在捆扎，趋于萎靡的黄昏

2023 年 8 月 8 日立秋

古铜色的脸

古铜色的脸
不是一个夏季铸成的
当太阳将一年的天空照到最亮
有张古铜色的脸晃过店门
有那么一瞬
我想起了后墙边
那只废弃的腌菜缸
有沉世的黯哑
它理所当然地泛着光
多像,这张古铜色的脸上
阳光的包浆

2023 年 8 月 3 日

西墙

突然想起那面西墙了
乱枪扫射过一样的西墙遍布小孔
阳光常去眷顾的墙
野蜂嗡嗡的哼着
不知疲倦地在穿越泥墙
用竹丝去掏
去挽救一垛墙的耳鸣和痛楚
把蜂掏出来放进药瓶子里
瓶子就有了灵性
嗡嗡的哼着

2022 年 6 月 25 日

浓荫

浓荫贴匍在路肩
被樟树钉着
一排樟树,像一排图钉
浓荫是块晒不干的湿布
风蹲着,吹
也没吹干
也没吹走

2022 年 1 月 15 日

门前一雀

守店跟守田地是一样的
忙一时，空一时
我坐在空虚里
玻璃门看不见玻璃
有只麻雀，在门口踱来踱去
东张西望的
像常来收废纸的妇人
隔几天眷顾一下
但麻雀的眼睛
机敏多啦

2022 年 8 月 3 日

三个梦

四条幼蚕死了一条
要是养蚕的姆妈还活着
会心疼不已的
我与剩下的三条幼蚕
像孤月对着三粒寒星
一起怅惘无措
这些与生俱来的白
早就预示了什么
贵为天虫
每一下蠕动都有天使般的隐喻
我小心翼翼端上整个春夏
它们只啃取了清平的部分
当柔软变粗变长
进入无欲的眠
三个梦,一夜织白

2022 年 5 月 13 日

黑蝴蝶

突然飞进店里
我诧异它的不慌不忙
落定在货盒上
像一张精致的标贴
瞬间的静止
像是剪纸或者投影
滑至地面时
又有了丝帕的形态
是一朵黑色的火苗
点亮了店堂
我的目光因此而凌乱
绅士
你来自何方

2021 年 8 月 30 日

第三辑 DI SAN JI

汲水

河是软体动物
微波如鳞
舀一担水
相当于挖走两块透明的肉
而远处不是一座拱桥吧
像一只遗弃的水桶
露出水面

2022 年 5 月 23 日

入冬

无人修饰的岸草
凌乱似我苍须
上塘河水滞缓流动
仿佛在搜寻南宋官船的擦痕
每一块岸石都有印记
在入冬的氛围里
雨下的自以为是
寒意渗入泥泞
雪只落在干燥处

2022 年 1 月 22 日

不怀好意的叔叔

当叶子长出翅膀
就知道,风
是不怀好意的叔叔

     2022 年 1 月 13 日

灯杆

街边，灯杆长出星光
成为宇宙的一部分
当最后一辆汽车消失
星星垂下眼帘
灯杆支撑起
参差不齐的初晨

2022 年 1 月 18 日

菜市场

像是进到了巨大的胃里
在它的无感中
我窥探了一个清晨

2021 年 10 月 3 日

留白

冬天
不过是一片雪装饰的门面
清晨,或是晚些时间
雪下来,填补沟壑与缺憾
包括缝隙
人间的留白
给了冬天,也给了雪

2022 年 12 月 3 日

异象一

冬日的上午
有桐庐朋友说
听到了雷声
奇了,真是异象
一忽儿临安的朋友
也听到雷声了
那时,我依然调侃了他们
雷声是圆的吧,有山挡着
滚不到临平
午饭未熟
大风就吹黑了门前的天
电闪雷鸣加风雨
积攒了多少的苦衷啊
枯萎的草木上
雷就这样炸了下来
在这个无所适从的冬季

2022 年 12 月 3 日

异象二

异象对应的是世事
生活被卷入其中
疫情三年，倦怠，不依不饶
2022 年的年末
留下最后一颗冬雷
留下一场即刻溶化的雪

2022 年 12 月 3 日

夜宵

手机因一个微信而精神
夜宵又将开始
临平的夜有另一种神秘
餐桌上的烛
蘸着夜色点燃
杯子成为夜场的道具
承载了最浓烈的部分
把夜干了吧
把黎明留在杯底

2021 年 8 月 16 日

烘青豆茶

一只小茶盅
菊皮、笋丝、野芝麻
烘青豆、绿茶片……
多么丰沛啊
任你是喝惯了什么茶
端起的那一刻
至前的记忆即刻叛变
小盅客茶小坐为宜
起身时
主人示意——吃吃掉
你须毫不迟疑
用手指扒净盅底
边咀嚼边告辞
这最乡间的礼数
会是一辈子的回味

2021 年 4 月 12 日

乔装

蚕吐丝
吐尽了丝
乔装成蝴蝶飞走了

太阳也吐丝
吐尽了丝
乔装成月亮,在飞

2021年4月16日

作茧自缚

母亲在生产队时就主管养蚕
以至于她老倒*前
作茧自缚的行为隐约可见

*老倒：死。

2021年10月2日

摸到了云

下午,风酥日白
吴语亲去爬了临平山
回来后,总是向人挥动
欣喜不已的手
说她的手摸到了云

2021 年 6 月 8 日

体会

酒喝到失忆是件快事
把现实复刻进梦
而所谓的断片
是留给自己的一处飞白

2021 年 4 月 21 日

风收拾了一地口水

雨夹在风里
风挤进雨的缝隙
就像白日躲进自己的黄昏
麻雀归林
整个世间争执不休
风收拾一地口水

2021 年 6 月 18 日

春天的最后一个夜晚

今夜,正好有清月
是你的前额么
又仿佛一页天窗,掀起
漏下一个梦
我以仰泳的姿式泅渡
蜕去衣羞,卸尽肉色牵绊

让灵魂驾驭骨骼
去找寻那株苦楝树发出的
布谷鸟的声音

2021 年 5 月 4 日

鹜被霞拐走了

秋水深远
黄昏少了点意境
王勃说
鹜被霞拐走了

2022 年 1 月 7 日

临窗

每当一些过往的事浮现
窗外的雨就寂寂的下
落叶,隐入暮霭
如檐下夕光
所有的景物,都呈现出意象
初秋,如此单薄的一片
被夏虫啃啄
曲美的虫洞里
漏出凉意来
有我萦绕已久的缺憾
每当一些过往的事浮现
窗外的雨就寂寂的下

2022 年 9 月 5 日

雷雨

抬头见云
总会想起夏季的雷雨
仿佛呼呼的风里
隐藏了轰隆隆的滚动
云是脆弱的
被击穿发出的脆响
跌落地面，碎成了雨
云温驯地任由雷撕裂，抛弃
在草茎下
在泥沼里

2023 年 1 月 21 日

刮擦

街道够空旷了
依然有两辆过不去的车
僵持在夜风里
也许是太冷
没有人愿意停下脚步
听他们自说自话
许久
街道才恢复空旷

2023 年 1 月 21 日

漾开去的羞赧

屋后有口池塘
我认定是月亮的镜子
它的平静
常被水鸟调戏
看水鸟贴水飞行的技巧和姿式
早有撩拨的蓄意
从这边到对岸
像拉链拉开衣襟
满池的心思顷刻凌乱了
漾开去的波纹
折叠起月亮的羞赧

2022 年 12 月 20 日

阳光填满了整个上午（八首）

1

喜欢走临丁路，觉着顺意
前半生的场景
都埋在下面
平阔的稻田
老宅的道地
通往河埠的小路
田塍上父母的身影

每次过临丁路
车子就会在那里慢下来

2

朋友来店里坐
阳光就填满了整个上午
聊过去，聊眼下
看看门外的空旷
当茶的味道被时间冲淡

就会有人感慨
曾以为
退休是件遥遥茫茫的事
却发觉死亡
在目光可及的远处

3
年初八,约了收废纸的上门
初九又有些空纸箱
再联系了她
初十
她径自来了

4
开年了
小饭店都在打扫卫生
西边酒店的胖主管经过
说大后天开张
我对隔壁的老板说
今年日子好不好过
就看你们了
他只回了两声,嘿嘿

5
三个上海客人来店

是女儿敲父母的竹杠
他们要的山核桃仅有一灌
女儿太会撒娇了
反正他们付钱
我要二十灌
哦,就一灌啦
那就买一灌算了

6

新年伊始
夫妻俩整理了好几天
翻出许多宝贝来
最喜旮旯里几个红薯
长满嫩红的芽
像刚出生的小耗子舞着爪子
番薯是不能吃了
也不舍得扔
找只塑料盒安顿了它们
喂了一勺水

7

一个人静下来
就看看街上的车子
既是有人,也是坐在车里的
而扫街的人不时的

从门前晃过
我似乎忘了他的存在
只当是晃来晃去的
影子

  8
某个下午
花花小院的老板带了女儿
说是去看电影
听说今年的《满江红》火了
我寻思着，有空
不如去一趟西湖边的岳庙
看看

         2023年2月1日

超山,适合葬花(八首)

1

冬季的颤栗
不一定是因为寒冷
元旦就很温和
风,收起了锋芒
但奥密克戎偷偷地完成聚集
我的两位长者
被抓了"舌头"
九十七岁的大妈
另一位是九十二岁堂舅
他们可是爸妈辈最后的长者啊
他们被带走的那些天
盛大的孝服,白茫茫一片
比雪来的早

2

春节前,小店生意略有回暖
劫后余生的"阳过们"

把"阳过没"当作新的问候
讨价还价还是要的
都是同病相怜的人

  3
那晚打烊已近子夜
东隔壁小餐馆
走出三个宵夜的，酒劲
继续怂恿着他们
大声吆喝，向空旷延伸出去
西隔壁的土餐馆
已歇业多日
他们的猫无人照料，而它
却蹲在门口照料着我们
盯着我，给门上锁

  4
太阳不是一个球
是个洞
漏了一地的暖意
小时候，我家的屋顶破的时候
曾漏下来鸟声
和透明的雨

而夜晚

月亮是另一个洞

5

听气象预报
总让人提前纠结
比如后天有雨
今天的心就会湿漉漉的
我常路过一处池塘
会习惯性看一眼
看池底的云晾在天上

6

田埂隐没是因为
两边的地荒芜久了
贴地的草茎
是父亲的脚掌纹活了
而蚯蚓开始耕耘
春天就松软了

7

超山,是葬花的地方
也葬花一样灿烂过的人
送大妈去超山
腊梅艰难地开出了数点
理解超山的梅

就像理解梅树下送殡的队伍
白云缭绕
比天上的还稠密
梅树下滞留的人啊
因为焦虑，忘了悲伤

    8
寒冷在远处等着
我顺着墙根走
墙在送我
不小心踩出枯叶声响
就会有树枝
扯一扯我的衣袖
摸一摸我的额头

    2023年1月11日3点18分初稿
        1月16日1点50分修改

重庆来去(五首)

1

去重庆,就得离开杭州
就得舍下夜不能寐的西湖
当我坐进飞机
就像被鸟的翅膀搂进了怀里
或许,飞机的设计师
就是个遛鸟的家伙
飞离杭州多远
就会离重庆有多近
仿佛这两个城市的美
我只能拥有一个

2

有山之稳重,才有值得庆幸的期待
重庆,早年去过
成为记忆的抽象
这次,触摸到的细腻
就像渝北的雨

在我落地至前就布展的
让人意外
雨雾中的山城
骨骼清奇,颇具原创性
恰如我赶赴一场书法艺术盛典
走近那幢飘着墨香的
建于四十年前的红房子,本身
就是一件艺术品

3

无笔斋,是个哲学命题
当沉墨行走于宣纸
笔的影子就悬在神的腕上
如灵鸦,行飞江湖
点划之间,气势直透纸背真谛
一幅作品上墙
那枚闲章是笑吟吟的
就像斋主,自信的脸颊上
一点正经的羞怯

4

重庆,一碗小面
能抵大锅辣汤
整座山城,被道路捆扎在一起
以至于找不到楼的底层

三天两夜里
就敬佩了三个人
斋主，遗世独立的书法
山城的设计师，和
被设计的团团转的司机们

  5
语言是谱了曲的
有山坡弧光的滑音
听重庆话，成了享受的另一选项
声音里悬浮的磁性
比辣味更具张力一些
回杭的那天，在依旧湿漉漉的
江北机场里
我的耳朵敏锐了许多
却又，怅然若失

2022年9月20日至23日，赴重庆参加无笔斋文化艺术馆开馆典礼。

          2022年10月13日

夏日(四首)

院春

果树也会怀情的

不然,它怎么会怀果呢

雪色褪尽

小院就开始备孕了

枣树,柿树,李树

一众杂植

都在蠢蠢欲动

两只黑蝶负责打理一切

雨夏

雷雨是个楞头青

时常挟风而来,遍地浪藉

柿树偷藏的

仅有的几个青蒂儿

又被悉数打落

墙跟的金桔才吐出白蕊

就铺成了地上霜

老婆再一次喷喷喷地推门进来
她这样的沮丧
有好几回了

毛毛虫
樱花叶什么味呀
一排排毛毛幼虫挤在一起啃
似能听到有节奏的咀嚼声
叶边,修出的凹印
是照着月亮啃的
一片,二片,三、四片
满枝是月亮的拓片

瓜蔓
南瓜藤像条匍匐的生物
绕过坛子与墙的影子
仰起的头在寻找着什么
龙爪一样的探须
借助一棵小小的草茎
就能拨动身体前行
当黄灿灿的花举过叶面
像举着一面旗子
只是听不到
有关南瓜的消息

2022 年 7 月 3 日

天空了(组诗)

1
我要风,揩光云的碎屑
借一树华盖隐去白日
然后,藤椅上一躺
天空了
只剩下呼吸

2
乌云来自哪里
也许是老家
断炊多年的草舍
还支着烟囱,成为一种象征
灰烬,堆积如愁

3
雨水填满了河道
桥短了
有人撑着伞,过河

桥像一枚挂坠
在伞柄下晃

4
写父亲，必是农民
诗人似乎都是孝子

5
喝酒要纯粹
宁醉横眠酒怀里
不叫明月沉壶底

6
院子里的气温高
是太阳的心思在这里
好看的花
令我端佯的样子
忘形于佝偻

2022 年 7 月 2 日

拍大腿的事（组诗）

1
做上门活的木匠
谢绝了第一天中餐酒
主妇窃喜，至后
主妇的酒壶没出过厅堂
木匠苦啊
每天忍着酒瘾干
回到家，一边拍大腿
一边恶补黄汤

2
一位过于谦逊的厂长
到了转制那刻
上级找谈话
他又习惯性的谦虚了
只是小小的，谦虚了一下下
我老了——
他期待着，领导向他肯请

求他继续担当
领导爽快起身
拍下一记重重的赞赏
好同志
厂长的肩膀，顷刻塌落

2021年5月3日

山上山下(组诗)

1

临平山,曲径如练
杜鹃开在脚边
原来春天早已上山
而松树年年如此
不色不香

2

北坡上山,抬脚就是
山南的人上山
须要上塘河应允
河水,每天都是陌生的
道古寺已作古
安隐寺隐出了界外
宝幢渡无舟,空空悠悠

3

西洋桥的荷花仙子

只会摆一个 pose
面对川流不息的车流
忘了身后的漕运船
漂到了哪里

2021 年 4 月 28 日

喝石与喝茶(组诗)

   1
双溪争脱了径山
山顶的殿宇化为苍云
钟声哑默
山腰那柱寂寞的石
像个还俗的老僧,裂着嘴笑

   2
顶上的树负责山的高度
山脊的茶改变水的心情
我们,一群上山的小弥陀
被一块大石喝定
三十四年后,古村坊里
径山的茶再次氤氲
端详照片里的四个人
即刻鲜活了起来

2021 年 11 月 19 日前

含秋舍诗抄(七首)

数
老同学家的院子里
树上长满了果子
数不胜数啊
他买来的五十只套袋套
剩余了三只

泪
檐口的水滴在水缸里
让一条孤独的鱼
忘记悲伤

眠
失眠者总怀念以前
凌晨的雨
淋湿了醒着的窗纸

飞
孙女羡慕我
能在梦里翼翔
我说多想想,你也会的

心
临平山有三条隧道
走哪一条才听得到
山的心跳

幻
人民路西行
隧道委婉了一下,出来
是另一个世间

雨
玻璃房顶上雨在跳舞
那些透亮的脚丫子
我抬头看了许久

2021 年 5 月 23 日

关于死亡（组诗）

1
人老会想许多事情
譬如，怎么活完剩余的日子
譬如死亡
想也是白想的时候
只好由它去
就像起风的午后
太阳灰色，落魄

2
小时候，死亡是件恐惧的事
人死了会变成鬼
十四岁那年
爷爷死了，但我没有慌
照片仍旧挂在堂前
仍旧照看着这个家
他的棺材，放在家舍后墙边
用草片遮掩着的旁边

我没有慌
在那里种菜,拔草
只会想着那个上午
爷爷躺在床上一动不动
喉咙里,咕——嘎的关门声
但我没有慌

3

村里有人老倒
邻居们都会去帮忙
终老出殡,是一生的最后荣归
一乘四杠八抬的轿子
份量与仪式感一样重
抬杠都是些老面孔
他们剥过络麻,捻过河泥,背过纤
他们的头发
要么白了,要么荒芜
抬棺是不能喊重的
但他们一次次地,没能忍住

4

墓地堪比公园
松柏,鲜花,彬彬有礼
儿孙们欣然前往
向石头叩拜

纸钱不让烧了
凄裂的哭声没了
未曾谋面的新人站在边远
扫墓,是个节日

2021 年 5 月 5 日

老顾客(组诗)

1
隔三差五来店里坐坐
我会神经质的问
今天又接了几只电话
他尬笑,努力摇头
像是要甩开我的啰嗦
但又忍不住凑过来说
二十多只
快递小哥的铃声又响了
让我顿生怜悯
想到了一种场景
一只善良的青蛙在夏田里
被一众蚂蝗叮着

2
晚饭后来店里坐
他从衣袋里摸出一颗牙来
举证一桩冤案

"把一颗好牙拔掉了"
牙在他的掌心，像一粒尸骨
了无饕餮时的威武
他捂着腮帮的样子
像个受了委屈的孩子
我替他难受却无以安慰
他把牙放回口袋
仿佛前世的灵骨塞进了
自己的襁褓里

      2022 年 11 月 11 日

白茫茫的河心(组诗)

1

上塘河不声不响,流淌着
我站在宝幢渡口
想要放生一条船
任由它
横在白茫茫的河心
渡三季风雨
一季霜雪

2

雪散漫而来
映出岸上的白
在晚昏里看临平山
隐去顶上的部分
东来阁有风铃,但我
闻所未闻

3
水向东，船向西
临平至星桥一九水路
是纤夫一肩的长度
塘上，沉沉的脚印
在大雪纷飞里
一步步扑进

4
推门看纷纷茫茫一片
我倒吸了一口
一年了，雪终于回来了
不知它经历了什么

2022 年 2 月 5 日

一棵李树有母性的光辉（八首）

草径
院门至小径，由浓荫连接
光线暗了下来
只有风能照顾到这里
秋雨滋生出苔青
稳重的即使如猫也要小心
浅显的滑痕提醒我
也提醒落叶
落脚要轻，最好无声

落叶
昨天提了扫帚
今天也是，都没有下手
看草径落叶
我读了一个时辰
想象它们是一张张词卡
不知道哪张先落哪张刚落
脉络抽紧表情在扭曲

似缺阳已久

李树

抬头看树

看挂在碣色枝头的叶片

看比叶子更窄的空隙

搓袋虫不知道还有一片是天

饱啃了醉李

睡进枯叶卷包里,荡它的秋千

一棵李树有母性的光辉

比树冠宽裕

比夜更隐忍

台门

台门关闭久了

打开来,发出不忍的声响

像个抑郁症患者

四季囿于院内

门外不是它的思维空间

门开,秋意内外无别

风能进能出

能治愈想要治愈的

蝉意

蝉蜕的壳吸附在柚叶的反面

像晾挂了一件倒背衣
裂开也是空虚
肉身抽离后的复原
留一副灵魂模具
原来声音是可以储存的
只对夏天播放
原来肉身是可以蜕遁的
吱的一声消失

枣树

枣树上爬满了隔墙而来的丝瓜藤
仅有的几颗土枣躲藏的更神秘
有些年头的枣树俯视众生
看我攀上墙头
看我撩拨有坚硬之物的枝丫
当触碰到酱红色的枣果时
整个枣树在颤栗
好像我触碰到了不该触碰的地方

南瓜

剪下一个南瓜
把它当作黄金捧在怀里
仿若太阳刚下的蛋
不错,是太阳孵化了一夏
散发的气息填满小院

我抱着南瓜
就像抱着太阳
被溶化,覆盖,埋藏

海棠
盆栽搁在矮墙上
是一垛墙的体面
每天或隔天给它浇水
偶尔拔草,才多看它几眼
路过的人多目光少
谁记得它开过的花呢
出于对邻居的礼貌
我才告诉她,叫海棠

2023 年 8 月 17 日

草舍是沙滩上的新生事物(组诗)

1

临平山绝口不提
钱塘江的潮打湿过它的腰
沙滩时而潜于月光
时而如鱼浮起
草舍是沙滩上的新生事物
仿若鱼背的鳍
在炊烟中若隐若现
而炊烟是草舍的鳍
在人间凌风
在人间若隐若现

2

好像爷爷这辈子
只会搭直头草舍
然后,种点不毛之地
沙滩更结实的时候
我出生在草舍里

爷爷开始上临平喝早茶

回家抽长竿旱烟

下午，对着懊糟的天气骂

日得那娘

人世间，不是每一个黄昏都令人期待

看白日孤悬

又独悻悻的下山

3

草舍总是被风所破

童年的日晴雨湿，贫瘠

直如门前道地

除去阳光，露出月色薄霜

摊晒的谷禾，草干

填起孩子们的屁股，拐跤，追逐

道地空时，画上一排格子

看两位姐姐跳房子

这样的游戏

只有蹲在草舍的深幽里

才疯想得出来

4

跳房子的人都老了

偶尔会想起投石，单腿跳

重返一次少年

草舍消亡后
村子也跟着消亡了
临平山沉默如河水从脚边流过
一个古村落,一幅沧桑的画卷起
草舍是爷爷摁在左下角的闲章
而一场拆迁仿佛一台手术
老人的心里兜着跳房子的旧石片
没有投出
就像草舍兜在梦里
就像襁褓还裹着我的肉身

2023 年 7 月 27 日

后　记

出第一本诗集《独家烟村》时，我是心无旁骛写了《后记》的。那时，尚有一种完成"试卷"后的快感。但这是第二部，反而不敢写了，原由是，登山，才知还有更高的山。

自从加入"作协"这个群体，发现文学这座山太高了，自己只不过是棵小草，因此而越发自卑。当然，也正是进入到这样的"群山"之中，让我有了耳濡目染的学习机会，有了与大咖们接触的体验，也从自己的差距中，提振努力填补不足的信心。

好吧，既然决定写了，就说一说自己的"小诗观"吧。

农民的长处是习惯于就地取材，完成平凡的一生。所以，我的小诗也习惯了依附泥土，像种子被雨粒和日头夯实后才能长出泥土一样。离开这些，我就不会了。

我也只写目光所能及的事物，写记忆中的旧时光，写临平山周围的草木旧事。我更像是上塘河里的东逝水，敢一横当过，却兴不起波澜。

我自知卑微如马唐子草，只以贴地的视角，仰望所有飘过树梢的云。

"隐忍，且一路芬芳"是我的内心独白。

值此，要感谢孙昌建老师不弃我愚，作序鼓励；感谢袁明华老师着意关心提携；感谢吕煊老师辛苦筹措；感谢张文泉老师再次挥毫献墨提写书名；感谢中国华侨出版社赋这本书于"生命"。

感谢关心鼓励的家人和朋友们。

2023 年 9 月 1 日于临平·含秋诗舍